SENRYU Collection KU-I

悔い

板垣孝志川柳句集

Itagaki Koji Senryu Collection KU-I Senryu magazine Colleccion

新葉館出版

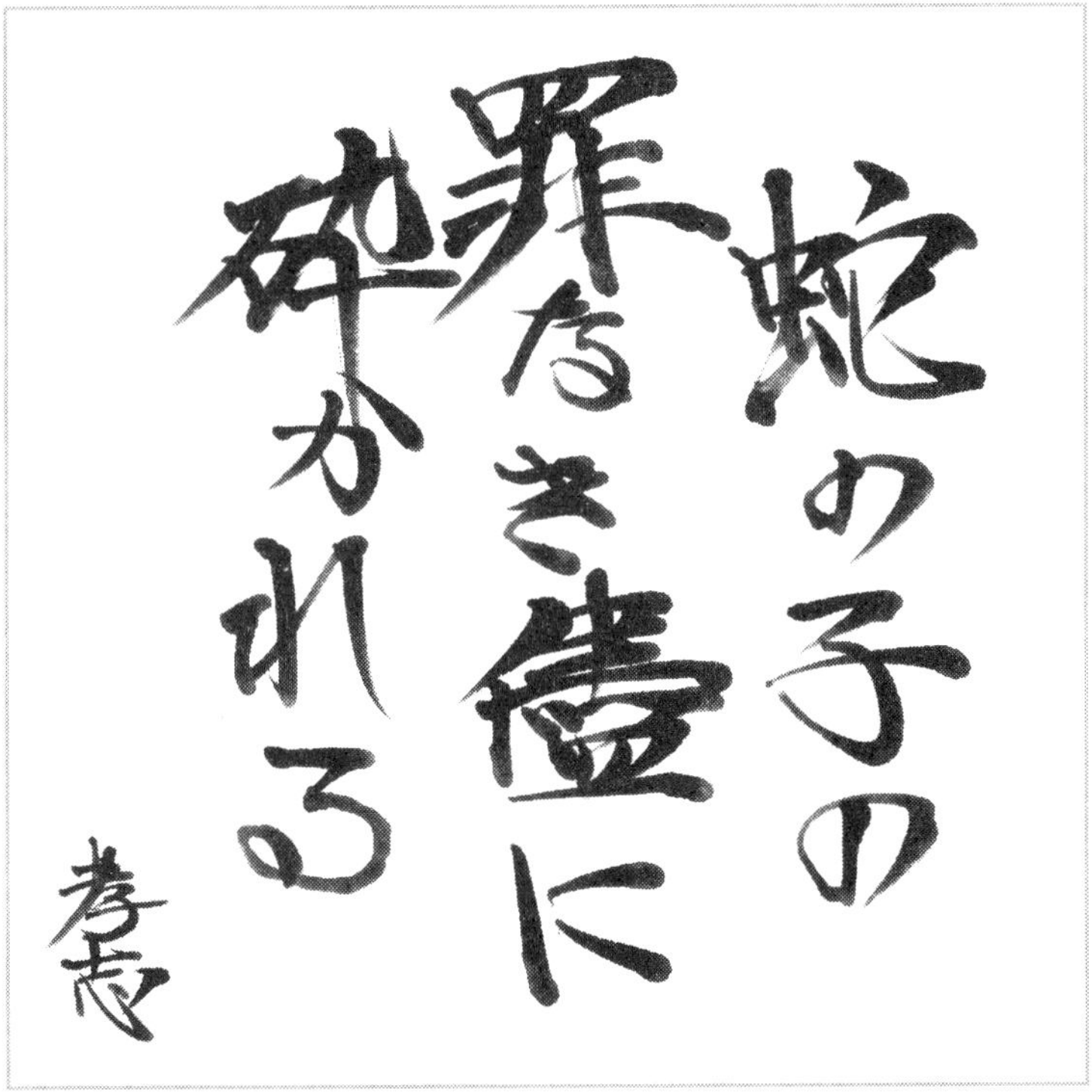

第９回川柳マガジン文学賞大賞受賞作より
書：著者

悔い

（第九回川柳マガジン文学賞大賞受賞作品）

蛇の子の罪なき儘に砕かれる

したたかに何を盗んできた石榴

病棟に残るオムツとポルノ本

もろともに落ちて椿の無一物

酔芙蓉善人ばかり嘘ばかり

菊白く釈迦も羊も横たわる

防人は埴輪にされた曼殊沙華

城落ちてカボチャなかなか頑固者

血涙やクラゲ耳なし口もなし

浜茄子は咲くかと今日も日が昇る

川柳句集　悔い

川柳句集

悔い

親と子
――Parents and a child

柿八年せがんだ子等は村を去り

私の父は耳が不自由で、子供たちとの会話はほとんど無かった。晩飯の卓袱台で父は時々喋ったが、子供たちは頷くだけでそれは会話と言えるようなものではなかった。父はいつでも「俺の目の黒いうちは米だけは腹いっぱい食べさせてやる」そう言って笑っていた。

約束どおり米は作っていたから口に出来たが、兄弟六人はいつも甘いものに餓えていた。

ある日、父は近所から甘柿の枝を貰って来て、庭先の渋柿に接いだ。やがて、甘い柿が三つほど生る頃、次男の私は就職で家を離れた。柿の実は年々その数を増やしたが、そのたびに弟も妹も就職して家を巣立っていくのであった。

毎年、秋になると父の手紙には「柿採りに帰っておいで」と結んであった。家に電話が引かれると子供達は手紙を書かなくなった。農業を諦めた隣の田圃も引き受けて、働いて働いて心臓を患った父は七十二歳で亡くなった。

本が大好きだった父に、私が本を買って送れるようになった頃には、もう父はいなかった。

あの柿の木は、今では見上げるほどの大樹になって、父の代わりに子供たちの帰りを待っている。

子の熱を一番先に知る乳房

泣いた子がひょいと泣きやむ蝸牛

歩き初めいつか離れてゆく素足

三歳と出す指先に手間がいり
ほらミカン剥けたと話聞いてない
こぼすなと言うたその場に茶をこぼす

瓶の蓋次男長男父も呼び

呼びに来た子に竹輪やりタマゴやり

もう終わりそうなお経に来て座る

母ちゃんに知らせる虹は泥を撥ね

薄氷足で踏む子と手で持つ子

笹竹に金魚のごとき子を放つ

父ちゃんはカレーの次に好きらしい

引力がどうのこうのと割れた皿

木登りのかたちに枕抱いて寝る

花生けて運ぶ白足袋ネコを蹴り

父ちゃんが勝つか負けるか子が賭ける

テーブルの下で指折る披露宴

高砂やさあ幻の舟に乗れ

貸衣装同士似合いの式が済み

財布から足して帳尻合いました

ジスイズアペンで成田を発つ度胸

ため息の数で育てた子が巣立つ

子が巣立ち一番風呂と仕舞い風呂

いきもの——Living thing

自爆した男に聞かすビートルズ

昭和三十七年、中学を出ると私は兵庫県伊丹市の会社の養成工になった。給料を貰いながら勉強が出来るシステムで、貧しい家で育った仲間が沢山集まって寮生活をしていた。

入社時の訓練は厳しく、作業服のあちこちには血の痕が付き、ハンマーで叩いた左手は赤紫に腫れ上がり洗濯が辛かった。

厳しい環境だといい友達が出来る。その中でKとは特に仲が良かった。母子家庭で育ったKは優しくて思いやりのある人物で何でも相談できるいい奴だった。

やがて彼は彼の兄が興した工場に移り、何年か経って工場を任される立場になった。

それでも時々私を呼び出して呑ませてくれたが、社長の弟としての立場を語るとき、なにかしら寂しそうであった。

心優しい彼は部下に指図するより、自分で深夜も休日も仕事をするタイプだった。

ある休日、Kは工場で突然に割腹自殺をして果てた。

「父親を知らずに育った主人が・・・なんで自分の子供たちにまで同じ思いを・・・」奥さんの声が悲痛に響いた。

ハードな仕事が続く時、ふっと彼の優しい貌が目に浮かぶ・・・

踊り食い歯の裏側を見た魚

吊るという字をそのままに蛸を干す

この猫にもしもピアノが弾けたなら

セメントは乾かず犬は字が読めず

戒名は牡丹にされて鍋の中

無抵抗主義で蛙の子沢山

赤い羽根ニワトリさんの形見分け

なるほどの顔が引っ張る犬の首

天辺でさてなんとするカタツムリ

貘老いて夢のいくつを食べ残す

干乾びてミミズに這うた跡もなし

近頃の水は痒いと言う蛙

犬よりも振り向きやすい猫の首

けもの偏ブタよ欲しいか要らないか

観自在菩薩と読める蝉の殻

解脱して波の形になる海月

天に問うかたちで鶴が目を瞑る

ヌーが食われるヌーが見ている

生活——Life

三つ編みを解いて中也はもう読まぬ

日雇いで飯場暮らしをしていた頃、いろいろと変わった人物に出会った。元警察官の主任は正義感の塊で腕時計の秒針を見ながら気ままな土方たちを指図して嫌われていた。大阪から一日契約で働きに来るおじさんは決して素肌を陽に当てなかった。どうやら夜は女装するお仕事をやっていたらしい。

早稲田を出たという関東弁の兄ちゃんは気さくな主任だった。工事現場から昼飯を食べに行く食堂は、無口で天婦羅の上手なおじさんと、愛想のいいおばちゃんそして遅くに生まれたらしい二十歳ぐらいの娘でよく流行っていた。店が忙しくない時、娘はいつも窓際に座って本を読んでいた。

「リルケよりハイネがいいよ」関東弁の兄ちゃんが時々声を掛けていたが、娘は僅かに微笑むだけだった。

飯場から突然、関東弁の兄ちゃんが消え、食堂の娘も見かけなくなった。急に老け込んだ食堂の夫婦は暫くしてその店を畳んだ。

誰も住まなくなって朽ちた食堂の壁に、釘一本でぶら下がるコーラの看板は、時折通り過ぎるトラックの風圧で、カタンカタンと寂しそうに鳴る。

♂と♀こんな知恵の輪などいかが

一グラム二円手ごろな新刊書

神様はグルメ時々人を喰う

ジーパンの穴よ君が代歌えるか

ロボットは教えた通り間違える

炎天のスイカ鼻から顎で食い

二杯目はタマゴ抜きでと酒せびり

結局は落とした人が踏む画鋲

誰一人判ってくれぬ酒を呑む

脳みそが満タンらしい物忘れ

ライバルの絵馬をこっそり裏返す

椅子買えば椅子を放り出すうさぎ小屋

駅弁を渡し子離れ親離れ

だますよりましと戻らぬ金のこと

里帰り食う寝る喋る持ち帰る

役人を嫌い役人させたがる
パチンコのパの字ぐらいは俺の金
競艇場貧乏人が取り合うて

大晦日なんと男の役立たず

張り替えてみたい障子と年を越す

プライドがあり職人の貧しすぎ

職人の爪が綺麗な三が日

妻が居て春には春の服を着る

良い物がたまに貰える褒め上手

片袖は風になびかぬ盆の僧

年齢を訊いて二度目の感嘆符

玄関を開けろ玄関から電話

間違えたＦＡＸどこへ行ったやら

ＦＡＸで送れば届きそうな海苔

紙食べるＦＡＸという山羊を飼う

親指は個室に入れる足袋の先

将を射る酒を上手に包ませる

三分間待てば手作りよりうまい

日めくりにたたらを踏ます閏年

氷山にダリの時計がのし掛かる

二度ばかり焼いてオーブン邪魔にされ

一泊の旅に来てまで朝帰り

仲人は懲りた懲りたと脱ぐ羽織

いい歳をして童謡で泣いている

凡人の小銭で売れるスポーツ紙

巻き寿司の具は真ん中が大嫌い

嫁姑たかがモヤシのゆで加減

寝ていても打たねばならぬ四番打者

一円も一万円も一グラム

レジ終えた頃に割引くアナウンス

仕合せな人見当らず蒲団敷く

白旗を挙げてほんわか惚けている

切り株でこける兎を待つ余生

生きる
It lives

止まったら死ぬか都会の回遊魚

「何をしているんだ」いきなり社長に訊かれ、機械組立用の八ミリのボルトを落としたので探していると応えると「八ミリならせいぜい二十円だ、君には毎分六十円の給料を払っている。二十秒で探せなかったら、工具室から代わりを持ってきたほうが安い！」

丁稚が川に落とした一文の為に大金を投じて探させた江戸時代の豪商と違って、この社長は徹底した合理性を叩き込んでくれた。

裸一貫から四十代で億の資産を築いたこの社長はいつでも動いていなければならない性格だったが、社員には作業の実績に合わせて給料を払ってくれたので大いに助かった。

その会社も、吸収合併だか乗っ取りだかよく判らないが、使われる側になった元社長は営業に回される。

起死回生を狙って遮二無二働いた元社長は、営業に向かう信号待ちの車中で突然死を遂げた。

太平洋を回遊するマグロは泳ぐことによって酸素を吸収する、眠る時でも泳ぐ。眠りながら泳ぐ。止まったら死ぬ。

朝の都心のターミナル。次々吐き出される人人人・・・。

トマッタラシヌ・・・トマッタラシヌ・・・。

よい事がたまぁに在って生きている

ネクタイを締めると顔のない鏡

ほろ酔いの天辺にあるオリオン座

万物の霊長としてゴミを持つ
申告の漏れはよほどのお金持ち
税務署で首吊る真似をして帰る

銀行の裏から帰る粘り腰

人間に首あり首を吊る話

香典を提げて納期を訊きに来る

道連れは手形の裏のお人よし
位牌抱く夜逃げを見てた正一位
今生の別れと知っている笑顔

法廷が命の値段読み上げる

下請けの生き血を吸うてビルが建つ

もう一人殺せと無期にする司法

役人の処分は呼んでメッで済み

政治家がプイッと吐き出す人の骨

憲法を読む右の目左の目

税務署の帰りはスリに遭ったよう

呼び出して子に熱出たとネオン下

介護から始まる無期の私小説

過労死の手帳はゆっくりと眠る

仏壇に疲れた顔が置いてある

躊躇わず焼けたメザシの頸を折る

哀
Pity

目の奥に湖を持つ牛を売る

◆仔牛が売れた日、祖父が食堂に連れて行って〈巻き寿司〉を頼んでくれた。祖父はお茶だけ飲んでニコニコしていた。初めての外食はとても美味しく、皿に残った緑の塊を最後に口に入れた。それは子供用に板前さんが避けてくれていたワサビだった。

◆担任の先生が〈すうどん〉が一番美味しいというので、帰宅してこっそり自分だけうどんを湯掻いて酢をかけて食べたら不味かった。

◆中学の修学旅行の時に友達が〈苺ジュース〉をくれた、妙な味だったがそのまま飲んだら〈苺ジャム〉を水で薄めたものだった。

「ビンボー人は苺ジャムを知らん」と馬鹿にされた。以来、金持ちを見ると条件反射的に腹が立つ、この癖は還暦を過ぎた今でも治らない儘である。

◆会社の香港旅行の朝食、料理がなかなか出てこない。アチャラの料理は何か食べてしまわないと次の皿が出てこないとか聴いていたので、テーブルを見渡すとカップに白い液体が入っている。スープにも見える、これを片付けたら次の料理が出る。そう思って一気に飲んだ。〈フレッシュミルク〉だった。同席していた会社の仲間は「誰?　この人」という顔をして口を利かなかった。

頬杖の両手の中にあるむかし

生い立ちをぼそりうどんの湯気の中

駄菓子屋の棚には腹ペコの私

ただという餌ニンゲンがよく釣れる

人間に疲れ小さな花を買う

まどろむとまだ機関車の音がする

カマキリよ夫はそれほど美味しいか

一切と書き無と書き蝉は仰向けに

のど飴を舐めて綺麗な嘘をつく

定年の日から心のホームレス

これしきの酒で互いの歳を知る

焼き鳥の串にも絡みつくアジア

文豪が括られている古本屋

違う名で呼ばれ恩師の酌を受け

空蝉は全学連の捨てた旗

送らねばならぬ人あり花の雨

指折って得たものそして捨てたもの

生き延びて廃車置場に来てしまう

職安で足を踏んだの踏まれたの

この国を支えた腕を値切られる

ブルースが流れる職安の扉

世に少し遅れた指を舐めている
アルバムをめくると夕焼けが一つ
図書館の隅燃え尽きた男たち

街冷えて雲は流れるほかは無し

身の程のほどのあたりが判りかけ

ひょいと来て煙になっただけのこと

人の死に段々慣れてきた齢

命名と戒名までのお品書き

さくら散るさくらは風の所為と言う

少しずつ海へ転がる泣きながら

瞳孔にゲームセットと書いて置く

人の世は二色で足りる鯨幕

カマキリの肩に止まっている夕陽
両肩を下げてやさしい地平線
生きてゆく割れた鏡を継ぎ合わせ

始まりは蛇とリンゴと好奇心

天国に行く舟ならば出たところ

水平が水平線と折り合わぬ

溜息をひとつ人間だと思う

一匹と独り　夕陽と人嫌い

夕立ちの匂いは人の去る匂い

臆病な質で大きな耳を持つ

じいさまは川を見ている餅のカビ

片方の靴を濡らして拾う銭

吊り革が空いた一人の定年日

寄り添って忘れ上手になるふたり

来し方のノートは風の音ばかり

悲
Sad

十二月八日八月十五日

岩井三窓氏の著書『紙鉄砲Ⅱ』の二〇八ページで上記の句を発見して驚愕した。一字の違いも無い同一句である。

作者は東近江市の方で、朝日俳壇に掲載されたとの事。ジャンルに違いはあっても私が発表した時期が朝日俳壇よりも後であれば、潔く取り消すのが常道。

早速に調べてみた。

十二月八日八月十五日

の句は「やまと番傘川柳社」の句誌に平成十四年十二月・西村茂選で掲載されていて、次号には久保田元紀氏の評が載っている。

一方、朝日俳壇の掲載は平成十八年十二月と記されている。ヤレヤレである。

普通はそっくりの句でも「てにをは」あたりに違いが有るものだが、漢字ばかりの句ではそれも無い。

十七音字の宿命は、時々暗号句や偶然の一致を生む。

久保田元紀氏の評の書き出しは「これが川柳かどうかの話は・・・」で始まる。

岩井三窓氏の本の中には「これが俳句かどうか・・・」ともある。

なんとなく面白いので句集から抹消せずに残してある。

手まり歌兵隊さんは征ったまま

兵隊の子は兵隊の夢を見る

王様のおもちゃは兵隊の涙

やがて来るものに怯えている背中
来るものは来る正確に残酷に
煮凝りの脆さでひとに逢うて来た

蕎麦の花水子の墓の多き里

検尿の後のわびしき尿カップ

生き下手が居るぞと石を投げられる

死にたがる人多き世の薄桜

親を看る生き物として疲れ果て

人間に生まれて泣いている赤子

福祉課へ次の不幸が来て座る

また一つ臆病になる誕生日

返せない恩を笑っている遺影

木枯らしが聞こえる父の喉仏

父やがて墨絵の舟の棹を持つ

心まで凍てつく夜は父を焚け

父親の絵本を嗤わないように

切り干しの大根炊く日の氏素性

新しい涙で月が満ちてくる

虹吐いた男が貝になっている

星月夜うまれそこねと死にそこね

四次元に浮かべる丸い冷奴

心——Heart

指名ゼロシャネルが啜る夜鳴き蕎麦

市の郊外の片隅にアルサロが出来た。

その中にケイコさんという大柄で、美人とは言い難い年増のお姐さんがいた。だが彼女の底抜けの明るさと、唯一、独身を誇る元気さは、かなりの指名料を稼いでいた。最初は物珍しさで集まっていた客も徐々に遠のき、お客が途切れると、ホステスたちは順番にステージに上がり、好きな歌を歌って時間をつぶすのであった。

ケイコさんはいつも八代亜紀の『恋あざみ』を唄った。

そして客の前では決して見せない涙をボロボロこぼすのであった。

♪愛し合ってもどうにもならぬ今日という日が行き止まり・・・♪

ケイコさんとこの唄にまつわる過去は誰も知らない。

お互いに詮索しないのもこの世界の不文律なのだ。

二年ばかりでそのアルサロも閉店となり、ホステスたちもどこかに移っていった。

あれからもう何年になろうか、ケイコさんも、そろそろ初老、ドレスを着る商売は出来ないだろう。

どこか場末のスナックで『恋あざみ』を歌いながら、涙を流すママさんを見つけたら「ケイコさん?」と呼びかけてみたいものだ。

人間はケモノになれる糸切り歯

水を飲む魚と同じ口をして

痩せた手で痩せた己の貌を彫る

左手で掻けぬ左の手の誤算

虎落笛風の向こうも狙撃兵

拳銃をください　標的は絆

その辺を削ると楽になる記憶

手を鰭に戻しましょうかやがて海

鳥葬もいいなと指を折りながら

欺けばこれほど赤き烏瓜

くちびるの一ミリ先の禁猟区

夕焼けを丸めて嘘売りが帰る

なんという事だと今日を生きている

たまごかけ御飯の罪を誰が問う

絆まで錆びて瓦礫の炊飯器

神に火を借りたと刻む古代文字

風呂上りまた罪人の服を着る

エッセイが続く不幸の真ん中で

生き残るために毒とか薬とか

象の目にサバンナそして鬱病

問題は猫よりでかい鈴にある

この秋を咲いて殉死の菊香る

この国にいくさがあった花吹雪

彼の岸の花何色に咲くや今日

おおさか

Osaka

地下足袋が捨てた故郷を恋しがり

水道工事の土方をしていた頃、清さんという現場監督がいた。全国を渡り歩く腕の良い配管職人であった。

毎朝、我々に仕事の段取りを伝えると、後はふらっとワンカップの酒を買いに行くのが日課だった。

市内から水源に繋ぐ水道管の溝を川沿いに掘り進めていたある日、牛舎から牛の小便をヤミで川に流しているパイプをユンボの爪が切断してしまった。噴水のように吹き上げる牛の小便に土方たちは悲鳴をあげて逃げ回った。

そのとき、身体ごと小便のパイプに覆いかぶさったのは清さんだった。「水道管を塞げ！　ションベンの迂回溝を掘れ！」

我に返った土方たちが処理を終えるまで、清さんは牛の小便でずぶ濡れになりながら、切断したパイプを腹で押え続けていた。

飯場では酒を飲む夜が多かった。清さんは何時も浴びるほど酒を呷って、「田舎に帰る、孫が呼んでいる」そう言うと駅に向かってふらふらと歩くのだが、百歩も行かぬうちに道に倒れて寝てしまう。酒が出た日はいつもそうだった。

工事現場で急に倒れた清さんは、奥さんが四国から駆けつけるのとほぼ同時に息を引き取った。

あのアホがそう言うたかと嬉しがり

曽根崎で泊まりうどん屋おまへんか

惚け痴呆認知と出世魚やない

銭カネやないと貧乏人が言う
役人につける薬はおまへんか
戎橋ドタマかち割る人が行く

この川は大腸菌も死によるで

生煮えを鍋に戻しているイラチ

花粉症でっか銀行行きでっか

おかんかてそうやと川の灯を見つめ

あんさんはアホやアホやとついて行く

ええ石を使こてと句碑が褒められる

メイドインどこやと箱を裏返す

去年のがまだ有ったやろ赤い羽根

撃つ真似をすると撃たれた真似をする

天牛で風呂敷ほどく親不孝
どんならん同士で歩く中之島
おおきにと紅い灯の点く天王寺

時代吟

Time poetry

めし炊ける音しあわせに気付かねば

九州の小さな島の生まれというオッチャンは弁当に向かって手を合わせ深々とお辞儀をする。

「オレの生まれた島は米なんぞ殆んど採れん、千枚田の一番上には、三株の稲しか植えられん。だから、芋ばっかり食って育ったし、腹が減ったら芋が食いたいと思って育ったんだ」

「その頃、チャンポンというもの食べたら、胃がびっくりしたのか下痢起こしたもんなあ」

　工場の昼休みオッチャンの話は続く。

「あの時代、誰かが死に掛けるとお米のある家に走って竹筒に少しお米を貰って来るんだ」何かのまじないかと思ったら、哀しい話に変わる。

「竹筒の米を病人の耳元でサラサラと振って、こう言うんだ『ほ〜らよう聴けよ〜これがお米さんの音だぞ。有難いお米さんの音だぞ。よう覚えて置けよ。お米さんだお米さんだ・・・』てな」

　あの世に行ってお米も知らない貧乏人と馬鹿にされないように、そんな想いか・・・。

　五十年ほど昔の孤島の話。五十年後の日本の話かもしれない。

寝返った忍者クルスを抱いて死に

くノ一の骸を抱くは蔦ばかり

猫ならばネズミも捕るに居候

千姫の鏡を揺らす陣太鼓

側室の意地は城まで焼き尽くし

落人の辞世を誉める竹矢来

公達の笛が泣いてる須磨の浦

木枯らしを笙の音と聞く隠れ里

残党の巣に奉る武田菱

吉良の血は赤か黒かを篤と見よ

猫斬って用心棒の薄笑い

髪床に来た浪人に駕篭が待ち

長屋中泣いて見送る島送り

裏店に明日は売られる帯を解き

世を恨みお吉が呷る紅い酒

尼寺に男呼び込む雨が漏り

江戸払い奉行の情け知る長屋

行き暮れて矢立が重い浮世絵師

あとがき

二〇一一年、突然やってきた東北大震災。津波、そして絶対安全と聞かされていた原子力発電所からの放射能漏れ、進まない救援と対策、混乱する情報。

成す術もなく呆然とテレビの画像に見入って居た時の思いが【悔い】の十句を作らせました。

その句が新家完司・雫石隆子両氏の目にとまったのが縁でこの度この句集を発刊して戴けることになりました。

百円ショップのメモ用紙に川柳を六句印刷、半分に折って綴じた掌サイズの豆本に「はぐれ雲」と名付け、箸休めの小文も添えて川柳仲間に配ったのが、平成九年。

その後、入選句が増えるたびに中身を入れ替え差し替え、現在では四百句ほどになりました。

その中から更に篩にかけて残った句をジャンル分けして出来上がったのがこの句集です。

本の題名【悔い】があまりにも重たいので、明るい句、楽しい句をと目論んだものの、結果的には（生きていく事の哀しみ）のオンパレードになって仕舞いました。

そこで人情味のある（大阪物）、それに時代劇ファン向けの創作川柳から（時代吟）を付け加えてみました。

古い形式の川柳から、現代風の詩性川柳までごちゃ混ぜになって居りますがお読み頂いて、一句でも心に留まる句が御座いましたら幸せに存じます、その句もきっと大喜びしてくれると思います。


手作り句集「はぐれ雲」の頃から応援していただいた川柳仲間の皆さんと、出版にあたり色々と御無理をお願いした新葉館出版の松岡恭子さんに心より御礼を申し上げます。

ありがとうございました。

二〇一三年四月

板垣　孝志

Profile

板垣　孝志（いたがき・こうじ）

昭和 21 年　9月　島根県掛合町生まれ
平成　5 年　まいにち川柳友の会　入会
平成 10 年　ぐるうぷ葦　初参加
平成 20 年　川柳葦群同人

現住所　〒635-0067　大和高田市春日町一丁目セレナ 209
☎0745-52-4363

川柳句集
悔　い

川柳マガジンコレクション 9

○

平成 25 年 6 月 27 日　初版発行

著　者
板　垣　孝　志

発行人
松　岡　恭　子

発行所
新　葉　館　出　版
大阪市東成区玉津 1 丁目 9-16 4F 〒537-0023
TEL06-4259-3777 FAX06-4259-3888
http://shinyokan.ne.jp/

印刷所
株式会社アネモネ

○

定価はカバーに表示してあります。

ISBN978-4-86044-486-0